하류

하류

초판 발행 | 2018 년 3월 1일

지은이 | 송진환
펴낸이 | 신중현
펴낸곳 | 도서출판 학이사
　　　　출판등록 : 제25100-2005-28호
　　　　주소 : 대구광역시 달서구 문화회관11안길 22-1(장동)
　　　　전화 : (053) 554~3431,3432
　　　　팩스 : (053) 554~3433
　　　　홈페이지 : http : // www.학이사.kr
　　　　이메일:hes3431@naver.com

ISBN _ 979-11-5854-124-8　03810

이 도서의 국립중앙도서관 출판예정도서목록(CIP)은 e-CIP 홈페이지
(http://seoji.nl.go.kr)와 (http://www.nl.go.kr/kolisnet)에서 이용하실 수 있
습니다.(CIP제어번호: CIP2018006567)

송진환 시집

學而思 | 학이사

자서

40년을 달려와 이제 여섯 번째 시집을 낸다
딴엔 부지런히 달려왔건만 별반 이룬 것이 없다, 그러나
아쉬움은 남아도 부끄럼은 없다
나름, 기쁨이 더 많았기에 그것만으로도 족할 뿐이다

남은 날도 그쯤이면 또, 족할 듯싶다

2018년 3월
송진환

차례

자서 … 5

시인의 말 _ 40년도 잠깐이네 … 91

Ⅰ

위태로운 봄날 … 12

메마른 채 황량한 … 13

너트 … 14

겨울 모서리 … 16

졸리는 생生 … 17

늙은 모과나무 … 18

절망의 끝자락에 서는 날도 … 19

왜곡 … 20

빈 들녘에 남은 자 … 22

뜨거운 축복 … 24

이 손 … 26

겉돌다 … 27

우리들의 시대 … 28

II

톱 … 32

투영 … 33

밤의 언어 … 34

물수제비 … 35

치통 … 36

설렌다 … 38

미로迷路 … 39

늦은 다짐 … 40

검은, 빛 … 41

후미진 … 42

비로소 가을을 보았다 … 43

의뭉스럽다 … 44

흐린 날에 … 46

불량시대 … 48

하늘의 깊이 … 49

겨울 숲에 들면 … 50

난해시 … 51

III

폭설 … 54

날마다 떠나는 길은 … 55

얼룩 … 56

꿈이란 … 58

그 골목에 대한 기억 … 59

오늘과 내일 사이 … 60

돌에 관한 명상 … 62

아버지의 자리에 문득 섰습니다 … 63

가을, 소실점 … 64

이 풍진風塵세상 … 65

시린 풍경 … 66

새 달력을 걸며 … 67

구름카페 … 68

낭패狼狽 … 70

바람의 노래 … 71

어둠에 놓이다 … 72

가면假面 … 73

IV

하류下流 … 76

안개도시 … 77

붉은 가을 … 78

봉쇄수도원 … 79

벽과 벽 사이 … 80

무거운 여름 … 81

길고양이 … 82

비닐봉지 … 83

덧칠 … 84

좋은 때 … 85

어쩌랴 … 86

시간의 그늘 … 87

어둠에 젖다 … 88

가을바다 … 90

I

위태로운 봄날

갈라진 아스팔트 사이를 비집고 나온 어린 봄날이
또 다른 길 열며 어딘가로 가고 있다, 그러나 어설프게
갈라진 틈
척박한 땅에 꿈을 풀어놓아 아무래도 위태롭다

메마른 시대에
온전히 제 봄날 지킬 수나 있을까
예보도 없던 황사마저 봄날을 이리 어지럽히는데

이 땅에서 안간힘으로 일어서는 것들은 다 쓸쓸하다
쓸쓸해서 더 아프다

그렇다 해도
갈라진 아스팔트 사이를 비집고 나온 어린 봄날은 잰걸음
으로
또 다른 길 열며 어딘가로 바삐 가고 있다

메마른 채 황량한

우린 오늘도
인터넷과 티브이와 스마트폰 혹은
내비게이션에서 길을 찾는다

길은 사방으로 벋어있지만 그 길
열린 듯 닫혀있어 결코 어디로도 갈 수 없고 끝내
무관한 것들에만 골몰하다 돌아올 때면 늘
메마른 채 황량하다
그렇기에, 이마에 걸린 달빛마저 때론 각角져 시퍼렇게
우릴 아프게 찔러온다

우리 정녕 어딜 가려 하는 것일까

믿었던 길들은 다가설수록
더 멀리 사라지고 말아 참 난감한데도 마냥
그 앞 오래 서성댄다

그렇게 우린 언제나
사라진 길 부질없이 더듬고 있을 뿐이다

너트

버려졌을까,
헐거워진 생生이 녹슬고 있다

한때는 볼트와 하나 되어
나름의 우주 떠받쳤을 것을, 지금은
한낱 흉터처럼
어둠 속에 쓰러져 잊힌 지 오래

잊힌다는 건 자체로 어둠이라
밤이면 힘겹게 별빛 한 줄기 끌어당겨도 보지만 끝내
품을 수가 없어
아득히 저편에서만 어른거리고
하릴없이 제 빛나던 한때나 애써 더듬는다
어쩌랴, 그럴 때마다
뼈는 소리 없이 더 바스러져 서럽기만 하고
비 뿌리는 날엔
자꾸 비어가는 뼛속으로 한기가 스며
아픔은 또 배가 되는 것을

이따금 바람이

헐거워진 생生 어루만져주고 가는 것만이 작은 위안일 뿐

겨울 모서리

나들목 근처 김 씨의 포장마차는
도시 미관에 걸려 고꾸라지듯 넘어져
한순간,
소문도 없이 이 도시를 떠났다
포장 휘날리며 서부로 갔을까

도시는 아름다워야 한다는 잘 포장된
도시의 구호에
막무가내 밀려난 우리의 김 씨는 지금
어느 변방을 슬프게 겉돌고 있을까

눈 희끗희끗 날리는 저녁답
김 씨의 포장마차가 두고 간 쓸쓸한 빈자리를 보며 불현듯
이 도시가 진정 지키려는 것이 무얼까,를 다시 생각한다

공허한 겨울 모서리다

졸리는 생生

가장자리로 밀려,
푸성귀처럼 시들어가는,
이른 봄날 햇살 아래 자꾸 졸리는 생生이 있다
굽은 등은
스스로 끌고 온 한 채 무덤인 양 고단한데
걸어온 길만은 외길이라 저리 간명하다

잠은 더 깊은 곳으로 흘러가는지, 적막하다
그는 아직 몇 겹의 겨울에 갇혀
미처 봄을 열지 못하고 있는 게 분명하다
이제 곧 개나리 피고 목련 피고
봄이 한창 들썩이면 그때 그도
꽃인 듯 다시 한번 피어날 수 있을까

누군가 푸성귀 한 단 집어 들지만
기척 없이
제 깊은 겨울 속에 웅크리고 있을 뿐이다

늙은 모과나무

요양병원 금 간 담벼락에 기대선
늙은 모과나무 한 주
마른 잎이나 서걱대며 그늘도 만들지 못한 채
반쯤 죽어 있다
몸피 거친 걸 보면 그 삶 또한 그리 순탄치 않았나 보다
옹이 빠져나간 자리는 생의 구멍인 듯 어둡고
구름 한 자락도 걸치지 못해 서럽도록 남루하다
콜록대는 병실 안 흐린 불빛 따라 나온
저무는 삶이 투영되어 저리되었나
어쩌면, 삶이란 게 웬만큼 흐르고 나면 버려지는 것인가
담벼락 끝머리 돌아앉은 장례식장엔
버려지는 누군가의 삶 조화가 애써 덮고 있다

모과나무엔 이제 모과는 열리지 않을 듯싶다

절망의 끝자락에 서는 날도

가파르다
칼날이다
돌아설 수 없기에 그 칼날 위에 스스로 올라앉아
순교하듯 부서진다, 그러나

그것으로 끝 아니기에 흩어진 꿈 다시 모아
아래로 더 흐르고
흘러, 더러는 햇살 품어 안고 더러는
그늘 아래 숨어 내일을 엿본다

살아 있는 것은 다 그런 것이다, 설령
절망의 끝자락에 서는 날도
저만치 바다 위로
불끈 솟아오를 붉은 해 하나 기다리는 것이다

우리도 그렇게 살아
그 앞에 서면 뜨겁게 소리 한번 질러보는 것이다

왜곡

빛보다 그늘이 많아
자주 가슴 시리던 이 도시가 이젠
아예 그늘을 신봉한다
빛을 사랑하던 기억은 지우고 그늘을
더 깊게, 넓게 키워야 한다며 때로는
머리띠 질끈 동여맨다

그렇게 이 도시는 그늘이 더 많아져 차츰
감출 일 더 많아지고 다시
그늘은 그늘끼리 부딪쳐
피 흘리거나 아우성치며 도무지 내일을 믿을 수 없다

뭇 사람들이 나름의
진단과 해결책을 어지럽게 펼쳐내지만 그뿐
그들의 말은 언제나 공허하다
그렇기에 이 도시는 오늘 하루
그만큼 그늘이 더 깊어지고 넓어질 뿐이다

그늘은 대체 어디서 왔을까

진실을 덮기 위해 또 다른 진실 만들어내던 그
길 밖의 길에서
빛보다 강렬한 언어로
서로가 서로를 날카롭게 겨누던 거기쯤일까, 아니면
빛에 매몰돼 스스로 눈멀어지던 거기쯤일까

슬프게도 어느 땐가 우린 모두
잃어버린 빛 찾아 이 도시를 떠나야 할지 모르겠다, 정녕

빈 들녘에 남은 자

아직, 가을을 떠나지 못한 사내
빈 들판에 남아 혼자 흔들리는 것이 아마도 그는
잊혀 진 듯,
펄럭이는 남루의 조각들은 여름을 지켜낸 흔적이겠으나
이젠
그마저 쓸쓸히, 거두어가는 자도 없다

외다리로, 주먹 쥐고
눈감거나 먼 산도 팔지 않고 살아왔지만
세월은 자꾸 한쪽으로 기울어
부득불 그 세월에 기대 오늘은
비스듬히 거기 누웠다
비로소 푸른 하늘이 보인다
지난여름 부질없이 노려만 보던 일 새삼 멋쩍어
소맷자락 펄럭이며 손사래 쳐본다

아무도 보는 이 없고
새떼들이 끌고 왔던 세상은 들 밖으로 떠난 지 오래
어느새 어둠 오는데

사내는 아무래도 돌아갈 수 없을 듯,

한때의 아름다웠던 기억마저 차츰 희미해져 가는 빈 들녘
이다

뜨거운 축복

화장장 가는 길은 이제
숱한 길 다 버려두고 외길이다

그 길 따라
누구는 기도로 무겁고
누구는 흐느껴 더 무겁지만, 오히려
내려놓은 자만은 한없이 가벼워, 쓸쓸한
화장장 가는 길은 차라리
아름답다

흐드러지게 피었던 꽃들
길 위로 제 몸 바람에 실어
한 잎
한 잎
가볍게 떨구는 것은
슬픔이지만, 이내 기쁨이란 걸 비로소 알았다

그러기에,

화장장 가는 길은

슬픔보다 뜨거운 축복인 줄을 또 알겠다

이 손

하루를 무겁게 들고 와 이제
마감하듯 손을 씻는다

이 손, 오늘 무엇을 무겁게 들고 왔을까?

아니라 아니라며 손사래 친 일? 핏대 올려 삿대질한 일? 고래고래 목청 돋워 고함친 일? 때때로 일던 두통에 이마 짚던 일? 아,

손끝마다 아려오는 아픔, 그래 참 무거웠다

그늘에 가려진 그 무겁던 아픔 다시 별로 뜨는 밤이 오면
머리맡엔 또
미처 다 씻어내지 못한 슬픔은 남아 아무래도
오늘 밤 오래 뒤척이겠다

문득 주름진 손등이 흐린 불빛에 파리하다

겉돌다

어제의 뉴스는 다시 오늘의 뉴스가 되어
겉돌아, 우리는
내일로 가지 못한다
어제오늘어제오늘어제오늘어제오늘
헐거워진 너트처럼 무의미한 몸짓으로 어둠이 깊다

어둠 속에선,
어둠의 그늘도 더 빠른 속도로 자라
내일의 빛 애타게 기다린다 해도 끝내 허사다
어쩌나

어쩌나 하며 불안한
시대의 변방엔 바람도 늘 어지럽게 불어 그나마
희미하게 남아 있던 몇 조각 꿈마저 흩어지고 말아

내일은 정녕 없는 것인가?

어제의 뉴스는 다시 오늘의 뉴스가 되어 매양
우리와는 무관하게 겉돌고 있다

우리들의 시대

안개꽃을 사랑하게 된 것은 아마
이 불온한 시대
섣불리 저를 드러낼 수 없어 살살 안개 피워 올리던 그때부터였을 듯
그러나 안개 뒤에 숨어
비로소 안도하던 삶이 어쩌면 시대를 더 불온하게 만들었을지도 모를, 그러니 우린
오래도록 그 안개꽃 사랑한다 할 것이다
불온한 기운은 아직 곳곳에 남아
수상한 이 시대를 감싸고돌아 날마다
비겁하게 저는 숨고
숱한 구호들만 쏟아내 더없이 위태로운 것이
안개꽃 무더기로 피워 부질없는 안개 죄다 흩어내고 싶은, 설사
가려졌던 몰골 추하게 드러날지라도 그때사 온전히 한번 환하게 꿈꿀 수 있을 듯

이따금 꿈속에서

안개꽃 지천으로 핀 산기슭을 걸으면 막혔던 가슴 말갛게
열리던 것을

II

톱

무수한 이빨을 가진 아가리만으로 태어난, 너는
한 마리 거대한 포식동물 같아
아가리 벌린 채 윙윙 무어나 삼킬 듯
위압적인 자세로 사납다, 그러나

네 식욕이 너를 살찌우지 못한다는 것을 너만 몰라
끊임없이 노린다, 날마다 두려운 세상

오래전 느슨한 흥부의 톱질 따윈 이제
한갓 옛이야기로나 남았을 뿐
네 아가리에 우리 한생 간단없이 무너질 수도 있겠다 싶다,
불안한 오늘

윙윙, 날카로운 톱날 소리 귓가를 오래 맴돈다

투영

가을 아침, 오래전 아버지의 거울 앞에서 수염을 깎는다
아버지도 이맘때쯤
삶의 무게보다 더 웃자란 수염을 이 거울 앞에서 깎았으리
허옇게 내린 서리를 털어내며 거울 속 당신 모습에
허망하다, 허망하다 했을지도 모를 일이다
그러면서 더 깊은 가을로 걸어 들어갔을 듯도 싶은

흐르는 것은 다 공허한 것을
흐른 뒤에야 아는 것은 우리 모두의 치명적 약점이다
그런데도 어쩔 수 없이 밀리듯 흘러가는 것을 또 어쩌랴

가을 아침, 오래전 아버지의 거울 앞에서 수염을 깎는다

밤의 언어

밤은 밤의 언어로만 말한다

더러 밤의 언어에 익숙지 못한 것들이 어둠 속을 헤매지만

바람은 창을 흔들며 머리맡에 고요를 끌고 와 귓가에서 소곤대고

별빛은 또 먼 우주를 건너와 지금

가시거리 안쪽에서 외계의 언어로 신비를 더하고 있다, 그렇게

밤은 모든 것 품어 안는 가슴을 가져

오래전 청보리밭 출렁이던 희미한 기억마저 곁에 앉혀 그의 언어로 쓰다듬는다

이따금 질주하는 경적소리에 흔들리는 불빛이 밤을 더 어둡게 끌고 가지만

밤은 묵묵히 내일을 잉태하며 기다리는 자들 위에 오래 머문다, 그렇기에

밤은 더없이 따뜻해 우리도

낮 동안의 거친 언어들 다 버려둔 채 고요히 그 안에서 잠든다

물수제비

그건, 또 다른 그리움이다
아무리 건너뛰어도 끝내 가닿을 수 없기에
가슴으로만 채우는 것, 그리움이다

물수제비 가볍게,
가볍게 통통 멀어질 때 그리움은 안개처럼 더 깊어져
아슴푸레 떠도는 이름 혀끝에 오래 맴돌고
강 건너 저편 물끄러미 바라볼 뿐, 우린
늘 먼 그리움에
잔잔히 파문 질 추억들 어루만지며
몸 낮춘 채 힘껏 팔매질한다

그렇게 오늘도
통통 물수제비 뜨며
가닿을 수 없다 해도 우리 푸른 날을 설레며 간다

치통

입안 가득 고인 통증이 너 깊은 밤으로 나를 끌고 간다
이 통증 대체 어디서 오는 것일까

아득히 저편, 털북숭이 조상의 어느 긴 밤을 생각한다
동굴 구석에 쭈그리고 앉아 어둠처럼
부러진 이빨 부질없이 원망하며
욕망도 잃고 위엄도 잃고 슬프게 울부짖었을 그때를 생각
한다

거기서부터였을까,

나도 어둔 방에 혼자 앉아 지난날 돌아보며 속절없이 가슴
친 일 있다, 때로
까닭 없이 뽀독뽀독 이 간 일도 있다, 어느 땐
지나가버린 희미한 봄날의 덧없음을 탓하며 오래 훌쩍인
적도 있다

거기서부터였을까,

그렇게 흘러 다시 이 밤

나는 아직 밝히지 못한 통증의 뿌리를 찾아 새도록 끙끙 앓
고 있다

아무래도 그 젊은 치과의사가 해결의 실마리는 아닐 듯싶
다

설렌다

바람이 피워 올린
망초꽃 흔들리는 산길을 간다
길섶으로
환한 추억들 돌아오는 오후
누군가 꽃향기로 안기는 것은
아직 사랑했던 기억들 남은 탓인가

설렌다,

그렇기에 무심히 지나친 것들마저 새로 품어
가볍게 내일로 떠날 수도 있겠다

그럴 것이다
숱한 아픔들 저 망초꽃 그늘에 묻히는 걸 보면

이윽고 하늘 열리는 산등성이에 서면
설운 세상살이쯤이야
잊어도,
잊어도 그냥 좋을 듯싶다

미로迷路

왜그랬을까왜그랬을까왜그랬을까, 왜
중얼중얼중얼 그렇게 흘러 이만치 와 또, 왜 그랬을까

언제나 늦어 서러운 이 시대의 우리는
이제 꿈꿀 수도 없어 마지막 목숨 같은 촛불 하나 켠다
위태로운 촛불 하나로
이 밤 온전히 건너갈 수나 있을까

가지 말아야 할 것, 보지 말아야 할 것, 듣지 말아야 할 것,
만나지 말아야 할 것, 말하지 말아야 할 것, 미워하지 말아야
할 것…… 부질없이 탐낸 것까지 다 죄가 되어

죄가 되어
밤이 안으로 무겁게 밀려온다

늦은 다짐

푸른빛만이 희망일 수 없다는 걸 뒤늦게 알고
떠나온 시간 돌아보며 이제 그 빛 신봉하지 않는다

푸른 대문을 믿지 않는다
푸른 깃발을 믿지 않는다

푸른빛에 끌려 흐르는 동안 어느새 날 저물어
지나온 길들 하나씩 어둠에 묻힌다
애초 그 빛 믿지 말아야 했을 것을
흐르고서야 오늘처럼 아픔인 것은 빛의 굴절 탓인가

하긴, 세상 빛 굴절되지 않는 게 어디 있을까만
막무가내 붉은빛을 혁명이라 외치는 건 절망이다

늦었지만, 다시는 빛에 눈멀지 말아야지
어둑한 산이 문득 내게로 온다

검은, 빛

봉투 하나
검은빛으로 날아간다
무언가 깊숙이 숨긴 듯싶다
너무 깊어
잊어버리지는 않았을까, 더러는
잃어버리지는 않았을까
궁금타

바람에 밀려가는 몸짓은
방향을 알 수 없어, 또
위태로운데
저만치 저녁노을이 어둠을 머금은 채
느릿느릿 곤한 하루를 끌고 온다

그때쯤 우린 그 빛깔에 갇혀 오래
허우적대며
제 안의 젖은 기억들 아프게나 풀어내고

후미진

시린 저녁이 있다

어슬렁거리는 황혼의 한 사내 앞에 노을은 적갈색으로 물들고
밀려오는 생각도 헝클어져 어지러운, 시린 저녁이 있다

빛나던 것들은 한순간 사라지고
어둠만으로 우울한 겨울 모서리
한 사내 그 어둠 깊게 빨아들여 길게 내뿜는다

정리해고, 폐업, 주가폭락의 이 도시는 끝내
불빛마저 어둠에 다 묻히게 하는가

바람에 밀려가는 한 사내의 뒷모습에 그늘이 저리 깊다

아픔이 새로 돋는다

비로소 가을을 보았다

가을은, 바람을 안고
가슴에 먼저 와 소문 없이 앉는다

한 시인의 부고를 받았다
그가 남긴 시어들이 풀풀 그 바람에 흩날리고 나는
삶의 의미에 대해 오래 생각는다

세상은 날마다 시끄러워 어지럽고
나는 대체 어디로 가는 것인가

지상의 것은 다 지상에 두고 갈 것을
저 군상들
다투어 가지려 하는 것은 또 무슨 까닭인가

가을은 끝내
낙엽으로 툭 지고 가볍게 떠나고 말 것을

의뭉스럽다

접근금지, 저만의 비밀 겹겹 쌓아두고 있는 듯

지레 내 안에 바람이 분다
바람은 더 깊은 곳으로 불어 자꾸 불안해지는 것이
선뜻 창을 열 수 없다
서로가 서로를 밀어내는 이 불통의 시대엔 더욱

비가 오려나, 아니
눈이 오려나
어느 쪽이든 불안은 여전 남을 테지만 차라리 눈이었으면
싶다
차라리? 아직 소통의 여지 남아 있는가

서러워도 매번 꿈꾸던 때 있었다, 설령
이루지 못한 꿈이 밤을 더 어둡게 끌고 올지라도 새로 꿈꾸
던
그런 때 있었다
어디서 길을 놓쳤을까
앞만 보고 달려온 탓에 놓친 길 영 찾을 수 없고

그렇기에,
오늘처럼 찌푸린 겨울 아침은 참 의뭉스럽다
그 속내 도무지 들여다볼 수 없는

오늘 하루, 종일토록 어둠이 또 깊겠다

흐린 날에

내 삶의 가시거리는 얼마일까
고달플수록 더 흐려
그 너머 볼 수 없고 마냥 불안한 것이
머뭇머뭇 자꾸 뒤돌아보게 한다

지나온 길도 안개 속이다
때로 걸려 넘어졌던 자리 긁히고 부러져 더러는
상처 되어 아픈 기억 속에 일렁거린다

살아갈수록 내 삶의 가시거리는 더 짧아져
날마다 두렵고, 그럴수록 더
잡히지 않는 것만 애써 좇아 헤맬 뿐이다

오래 걸어온 길
한때는 환하게 열려 가시거리 따윈 생각지도 않았던
그 출렁이던 날 순간이듯 지나가고
오늘처럼 흐린 날에 앉아 아쉬움으로 바르르
몸 떤다

무엇을 위해, 무엇을 향해 걸어왔을까
누구도 잡을 수 없는 한 시대의 꿈이었을까

후두둑 바람 따라 비가 내린다

불량시대

저 창만큼의 세상만 보았으면 좋겠다
싶은데도
창은 자꾸 세상 쪽으로 더 넓게 열려 날마다
시시, 비비, 시시, 비비, 귀까지 다 흥건하다
취, 사, 취, 사, 한없이 어지러운데
자칫 뒤바뀐 선택이 위태한 벼랑에 서게 할까 불안타
이런 날들 쌓여 가면 이 도시는 또
그늘만 깊어져
어디에도 온전히 기댈 곳 없을 듯싶은

이제 창 닫은들
저만의 진실 난무한 세상 밖 소음들 지울 수 있을까
가슴에 길게 드리운 그림잔들 지울 수 있을까

오로지 가을만이 저리 곱다

하늘의 깊이

우포늪에 가면 거기
창세기의 하늘이 물속에 잠겨 있다
오늘처럼 저리 고요했을까
물풀 사이, 바람에 흔들리는 억 년의 이야기들
더러는 가시연꽃 되고 더러는 노랑어리연꽃 되고 또
자라풀 마름 생이가래 물억새 되어
우리 가슴에 고운
무늬로 찰랑대는 것이

누군가 저편 배 띄워 새벽을 저어오고 있다
각시붕어 버들붕어 기름종개의 안부라도 물을 참인가
물안개 속에 희끗희끗 한 폭 그림이다
다시 억 년의 시간은 흘러갈 것이고 그때
새롭게 쌓인 이야기들
쉬 범접할 수 없는 하늘의 깊이로
새떼 되어 훨훨 날아오를 수 있을까

우포늪에 가면 거기
우리가 끝내 다 들을 수 없는 숨겨진 이야기들
고요히 물속에 푸르게 잠겨 있다

겨울 숲에 들면

겨울 숲에 들면
가을이 버린 말들 이미
메마른, 소리로 변해
숲의 밑동에서 바스락거린다
버려진 것은 무어나 무의미한 것이라
잊혀 지게 마련
그렇게 또 깊은 겨울로 흘러가게 마련
어느 땐가 봄이야 올 테지만
버려진 것은 이제
더는 봄으로 갈 수 없고
가버린 시간이나 그리워할 뿐 끝내
일어설 수 없다는 것도, 안다
겨울 숲에 들면

잊혀 져 기억 밖으로 밀려, 난
지금 어디쯤 흘러가고 있는가
가슴 안쪽에서 자꾸 내 겨울이 바스락거린다

난해시

저만 알고 우리는 모르게
빙빙 돌아돌아 막다른 길 수없이 펼쳐놓고
골목 끝엔 매번
어둠이나 바람 따위 어지럽게 흩어놓아, 가둔다
갇혀, 한동안 부질없이 헤매다 끝내
돌아오는 길마저 잃고 말면
우리 삶이 또한 이런가 싶다

삶이 정녕 그런 것이라면 저도
제가 만든 막다른 길 어지럽게 헤매 돌다 아예
그 안에 스스로 갇힌 건 아닐지

참 난해하다,

우린 모두 그 길에서 오래 돌아올 수 없을지 모른다

III

폭설

세상은 지금
세상 밖으로 밀려난다
저 천상의 언어들
오래 더럽혀진 지상의 자취 다 덮을 요량인가
굽이진 길 차츰 덮고
겨울이 둘러앉은 마른 숲도 덮고
마을과 마을을 잇던 버스는 지금
어디쯤서 멈춘 것일까

적막하다

모든 것 끊긴 채 소리 없이
세상은 지금
세상 밖으로 밀려난다

날마다 떠나는 길은

우리, 날마다 떠나는 길은
곧은 듯 굽어 자칫
하루가 턱없이 꼬입니다
부질없이 욕이나 삿대질 난무합니다, 그러나
내일이 보이지 않는다며 가라앉는 순간 우린
저편에 가닿지 못하고
속절없이 껍데기로 남습니다
내일은 반드시 오늘이기에
내일을 향한 빛 한 줄기 가슴에 품어야 할 것을, 알지만
가는 길은 늘 안개에 가려
자꾸, 우회하여
어느 낯선 곳 불안하게 헤매거나 아니면
홀린 듯 제자리나 맴돌 뿐입니다
안개는 차츰 깊어져 길 자주 놓칩니다
그러다가 하릴없이 돌아올 때면
어디선가 또
한 떼의 안개 소문 없이 몰려옵니다

얼룩

티브이를 켜면
순간순간 사건들 얼룩 되어 지나간다
끌끌, 부질없는 세상에
달려온 시간들 하릴없이 무너지고, 어둡다

날마다
오늘이 어제 같아
절망하던 순간을 티브이는 저리 얼룩으로 펼쳐 보이는가

어지럽다,

이제 아무도 내일을 기다리지 않고 단지 우린
습관처럼 티브이를 켤 뿐이다

다시 화면 속엔
잘 포장된 언어들이 우릴 애써 붙잡아 두려 하고, 우린 아직
어제의 기억들 지우지 못해 미덥지 않다

그렇게 흔들리며 가는 것인가

불안한 순간들 벗어날 요량으로 티브이를 끈다

오늘이 채 가기도 전에

꿈이란

미답未踏의 곳으로 가기 위한 통로다, 그러기에
그 길은 늘 위태로워
더러는 절벽이 되고 더러는
막다른 골목이 되어 가위눌린 채 한순간에 추락한다
추락한 곳엔 매번 흥건히 핏물 고이고 어둠은
깊은 배경으로 깔리는데
통로는 끝내 찾을 수 없고 우리는 식은땀 밴 길 되돌아오며
심한 갈증을 느낀다
새벽 2시, 아니 3시쯤인가 여명의 시간은 아직 멀어
미답의 곳도 쉬 열리지 않고
그런데도 우린 자꾸 꿈꾼다 하며 텅 빈 내일로 막무가내 흘
러가는 것이다, 그만큼
시대 밖으로 밀려갈 뿐인 것을

그 골목에 대한 기억

그 골목은,

어둠을 털어내는 순간 더 깊은 어둠에 덮이고 말아 이제
그 깊이조차 가늠할 수 없다
한 시절의 늦은 저녁만이 간간 흔들릴 뿐
그때의 푸른 기억들은 포도鋪道에 압사당한 지 오래

그 골목의 추억들
그리움으로 더듬더듬 읽어보지만
너무 멀리 와 아슴푸레 잡히지 않고 지금은 단지
포도 위에 위태롭게 섰을 뿐, 빈 가슴이다

무엇으로 채울 수 있을까, 안타까워
안타까워 먼 곳을 보고 있는데 아하 절절했던가, 저만치
사라졌던 골목이 환하게 노을을 끌며 오고 있다

참 뜨거운 기쁨이다

오늘과 내일 사이

오늘과 내일 사이 거기
잊혀 진 것들마저 거슬러 기억을 밟고 오는
너른 공간이 있다

때로 가슴 출렁이게도 하고 더러는 쓰라려
밤도 더디 흘러 우리를 자주 돌아눕게 하던, 그러나

오늘과 내일 사이 누군가
낮 동안의 울분 털어내느라 늦도록 토해내던
도시의 뒷골목은
마시다 만 어제의 술잔 아직 뒹굴고 있을 듯도 싶어
그늘이 한참 깊다

설사 새벽이 온다 해도
오늘과 내일 사이
그 그늘 따라 아픔도 따라 많아 우린 누구나
바삐 내일로 가려 할 것이지만 매번
만나려 한 내일은 또 한 발 먼저 저만치 달아난다

그럼에도 불구하고 우린

내일을 간절히 기다리는 뜨거운 광신도들, 어쩌랴

돌에 관한 명상

불의 시간들이 파문 지는 동안
돌은 무늬 하나씩 온몸으로 새겨 나간다
더러는 새 무늬를 새겨 넣기 위해 빛바랜
무늬는 지워야 하고, 그럴 때 돌은
뒤척이며 밤새워 울기도 하지만 그 울음
새벽안개로 흩어져 강물은 또 깊은 곳으로 가라앉는다
강가엔, 돌이 키워낸 억새들
서로 몸 비비며 그들의 언어로 가을을 노래하는데
돌은 그때 제 고단한 삶 강물소리로 씻어낸다
기억하라,
보잘것없는 돌이라도 그 가슴 안쪽
드러내지 못한 상처 하나쯤은 쓰린 채 감추고 있다는 것을,
그리고
밤이면 강물마저
더 큰 소리로 울어 돌의 상처 깊숙이 품어 안는다는 것을

아버지의 자리에 문득 섰습니다

아버지는 가슴에 늘
그늘 깊은 나무 하나 키웠습니다
그 그늘 아래 우리는 모여
하루의 무게 비워내며 더러는
불확실한 내일 점치기도 했습니다, 그러나
아버지의 나무는 무시로 잎 지고 끝내 앙상한 채
땡볕 속에 서고 말아 누군가
그늘을 만들지 못하는 나무는 뽑아야 한다 했습니다
아버지는 말없이 돌아앉아
그늘에 대한 기억 지우려 늦도록 잔 비웠고
아버지는 그렇게 시들어갔고

그러는 사이 우리는
아버지보다 더, 그늘 깊은 나무 키울 요량으로 잎새마다 그
늘 드리우며
때론 아버지의 그늘 아예 지우려도 해봤지만, 어쩝니까
세월 흐를수록
우리 가슴엔 오히려 한 줄기 빛으로 어른대는 것을

어느새 우리, 아버지의 자리에 문득 섰습니다

가을, 소실점

꿈꾼다는 것은 기실
꿈 하나를 잃어가는 것입니다
그러다가 끝내,
꿈꿀 수도 없는 저녁이 오면
그때사 설핏
잃어버린 꿈의 가장자리 낯설게 바라보며
지독히 아파합니다

꿈은 매번, 너무, 멀리 있어
무지개처럼 그립기만 한 것이라
오늘도 먼 곳 아득히 바라보고 섰습니다

새 한 마리 가을을 가로질러
슬프게, 오래
우릴 끌어당기고 있습니다

이 풍진風塵세상

지랄 같은 세상 한 시대는 흘러
당최 영문도 모른 채 빙빙 겉돌기만 하다가

지랄 같은 세상 또 한 시대는 흘러, 그때사
왜 그랬을까 왜 그랬을까 아쉬워도 하다가

흘러갔기에, 흘러가기에
다시 내일로 뚜벅뚜벅 걸어가는데

또 지랄 같은 세상 자꾸 빗나가는 것을, 안타까워만 할 뿐
도무지 꿈꿀 수가 없다
우린 어느 때 한번 꿈꿀 수 있을까

어둠 털고, 아픔도 잊고, 설움마저 닦아내
더 높고 푸른 하늘 느긋이 바라볼 수 있을까

텅 빈 밤이 어제처럼 무겁게 깊은 곳에서 밀려온다

시린 풍경

애초 시린 삶이었나
잎 다 진 겨울 담쟁이 억척스레 벽 붙들고 섰다
여름날 그 푸른 기억들 차마 지울 수 없음인가, 아니면
스스로 그늘 하나 만들지 못해 마냥 벽 타고 오르기만 했던
부끄럼 떨쳐내지 못해
자책이라도 하는 것인가, 또 아니면
이 겨울 뼈로 세운 저만의 고집 우직하게 지켜내고 있는 것
인가, 그러나

앙상하다
하긴 겨울 앞에 앙상하지 않은 게 어디 있을까만

나는 그 담쟁이 벽 앞을 오래 서성거린다
어쩐지 자꾸 내 삶인 듯도 싶은 시린 풍경이다

새 달력을 걸며

어둠 오기 전에 우린
우리의 한 시대를 건너야 한다, 자칫
허방 치는 날이면
어둠은 더 빨리 와 그림자 길게 드리울지 모른다

우리는 늘 어둠에 익숙지 않아
밝음이 사라지면 한순간 절망뿐이라 출구마저 무용지물이다

봐라,
바람에 맥없이 지던 이른 봄날 꽃잎이나
 채 시들기 전 떨어지던 잎사귀 뒷모습에 어둠 그리도 깊던,
그때
 우리에게도 이내 어둠 올 듯 불안해지던 것을

온통 삐걱거려도, 우린
무사히 한 시대를 건너야 한다, 설령
어둠이 두렵게 밀려오는 날에도 안으로 붉은 등 밝혀
그 어둠 애써 밀어내며 오늘은
새 달력을 반듯하게 걸어야 한다

구름카페

목이 마르다

만나는 사람들은 유령처럼 스쳐 가고 나도
유령인 듯 떠돌다 몇 조각
허전한 기억들만 안고 돌아온다

그런 것인가,

만나는 사람들 모두 허공에 떠 있어
그들의 말까지
뿌리 내리지 못해 흐늘거리는 것인가

누군가 악수를 청했지만 선뜻 손잡을 수 없었고
불안했다, 그의 손에 가시가 돋았을지 모르기에 자칫
가시 돋친 손에 찔리는 날엔
보이지 않는 상처 안으로 곪아
그 아픔 오래도록 가슴에 남을 것을, 알기에
선뜻 손잡을 수 없었다

목이 마르다

커피 한 잔으론 다 적실 수 없는 이 시대의 가장자리에서

나도,

익명인 채 위태롭게 오늘을 흘러간다

낭패狼狽

선풍기의 날갯짓도 건성이다
폭염주의보가 폭염경보로 바뀔 즈음 여름은
비틀거렸고
목백일홍 붉은 한시절만 선명하다
매미는 스스로 저를 조상하듯 온몸으로 울며
잊혀질까 두려운 듯 여름을 더 뜨겁게 달구고
우리는 또 그만큼 가라앉아
가을이 올 창 쪽으로 눈이 자주 간다

가을이 오기는 하는 걸까?
여름 떠난 자리 괜히 이름만 바꿔
그날의 끈적한 기억들 지워내려는 속셈은 아닌지

사람들은 교묘히 불가능을 가능으로 위장한다
때로 서툰 위장이
한순간에 깊은 절망으로 바뀌기도 하지만

여름이 쉬 떠날 것 같잖은 중복 근처다

바람의 노래

바람에 밀려가다 어느 순간
바람이 된 나를 본다
한때는 온 힘으로 그 바람 밀어내기도 했고
더러는 긁히고 더러는 부러지는 아픔도 겪었지만 나는 애초
바람으로 태어난 바람의 자식인 것을 오래
잊고 살았다

바람은 먼 곳을 꿈꾸어 한순간도 멈추지 않는다
머뭇거리는 순간 이내 사그라져
바람도 바람 아닌 것이 되고 만다는 것을 아는 까닭에

바람 가는 곳은 아무도 알 수 없다 하물며
저마저도 알지 못해
숱한 길 헤매고 다녀 한없이 위태로울 때 있다, 그러나
바람이 있어 정녕
세상은 더 너른 곳으로 길을 낸다

그렇기에,
나는 그 바람 따라 늘 깃발처럼 펄럭이는 것이다

어둠에 놓이다

하루를 다 소진한 채
헐렁한 모습으로 바람에 펄럭이며 돌아온다
무엇을 위해 온몸으로 소진한 것일까

늦은 문은 좀체 열리지 않고 낯선 듯 자꾸 밀어낸다
중심을 잃고 끝내 주저앉아, 난감하다

실은, 안도 캄캄할 것이다
어둠 속에 남겨둔 것들 떠오르지 않는다, 혹
나를 잃어버린 것은 아닐까

그렇다, 낮 동안
어제를 비우지 못한 채 오늘을 채우려 했던 허망한 꿈들이
나를 잃어버리게 했을지 모른다

어디선가 다급한 경적소리가 밤을 흔들고 간다
문은 아직 열리지 않고

나는 정녕 내일로 갈 수 있을까

가면假面

숨긴, 하루가 저문다
저문다 해도 선뜻 벗을 수 없고 오히려
시나브로 일어서는 흐린 불빛 아래 또 다른 걸 준비해야 한다

날마다 날카로워지는 세상
슬픔은 웃음 뒤에 웃음은 슬픔 뒤에 숨길밖에
삶은 그렇게 저를 감추는 일인가

돌아오는 길은 늘
몇 겹의 가면들로 무겁지만, 아직
방심할 수 없다
자칫 눈부신 불빛에 취해 무심코 나를 드러낼지 모르기에

나는 왜 감추려만 하는 것일까

현관문 들어설 때 비로소
피곤한 하루가 슬픔처럼 내게로 쓰러진다

IV

하류 下流

떠밀려온 것이다

기다림은 매번 허망하게 무너지고 미로 따라 어둠에나 익숙해져 수시로 어둠 삼키고 아침이면 다시 그 어둠 게워내며 그렇게

떠밀려온 것이다

안개 속을 헤매며 왔다, 한때는

안개의 음흉함 알지 못하고 모호한 것을 사랑한 적 있다 그쯤에서 길 잃고 막막한 채 샛강 어디쯤서 겉돈 적도 있다

그렇게 떠밀려온 것이다

희미한 아픔의 기억들,

물빛에 씻겨 강 가장자리에서 어른거릴 뿐 이제 저만치 바다가 보인다, 그렇게

그렇게 떠밀려온 것이다

안개도시

이 도시는 보일 듯 보이지 않고 애태우기 일쑤

끝내 긴 그림자나 드리워 가슴만 서늘케 할 뿐 제 모습 다 보이지 않는다

저녁답 매미들의 저 절규는 또 죽음과 맞닿아

더 큰 슬픔으로 우리가 남긴 발자국에 덧씌워져 하루가 까닭 없이 서럽다

어쩌면 미로처럼 얽힌 길 따라 걸어온 이 도시의 부조리 앞에

침묵할 수밖에 없었던 무력함 때문인가

무엇을 위해 하루를 소진했을까

창밖엔 기어이 어둠 내리고 정녕 내일로 갈 수 있을까

별빛 내리지 않는 어둠을 애써 흐린 불빛이 채워갈 때 우린

끝이 보이지 않아 날마다 쓰린, 기도 없이는 순간순간 위태로운

안개 자욱한 이 도시를 미련 없이 떠나야 한다

그때사 저만치 푸른 내일을 만날 수 있을지도 모를

붉은 가을

붉게 물들기 위해
안으로 저를 죽여야 했던 시간들
아슴푸레 밀려가는데

기억 저편 바람이 긋고 간 상처의 흔적 하늘빛으로 닦아내면
저무는 계절 앞에서도 만꽌 저리 고운 것인가

한때 잎과 잎 서로 몸 섞어 별빛으로 출렁이던
그 밤들 아무래도 사랑이었나 보다
오늘, 붉게 물든 가을 환히 흔들리고 있는 걸 보면

나도 어느 땐가
저처럼 붉게 물들어
누군가의 기억 속에 오래 흔들릴 수 있다면

봉쇄수도원

말을 버린 채
침묵만으로 더 많은, 더
절실한 마음 전하고 싶은 것인가, 아니면
살며 함부로 뱉은 말들 거두어들이는 중인가

쉬 범접 못 할 아득히 높은 저 벽 보며 우린
우리가 낳은 죄의 말들에 갇혀 때때로 괴로워하지만
벽 안은 하늘로 길 열어 오직
하늘의 말씀에 귀 기울이며
흔들리는 믿음 흔들어 깨우는가도 싶은데, 우린

아직 세상 쪽으로만 길 열어 노상 이리 허덕인다
그만큼 또, 무겁고

우리도 한번쯤 우리를 닫아
내일의 빛 온전히 바라봐야 할 것을

벽과 벽 사이

벽과 벽 사이,
우리는 많은 것을 감추고 산다

날마다 추락하던 아픔을 감추고
돌아눕던 절망의 한숨도 감추고 때론
그 끝에 묻어나던 살의도 감추고
한때의 은밀한 속삭임
이젠 놓쳐버린 아득한 꿈마저도 감추고
시치미 떼듯 돌아서서 아예 속내 속속 감추고
서로 등진 채, 그렇게 산다
세상은 점점 어두워질 테고
벽은 그만큼 더 두꺼워질 테고
모두 길을 놓친다
두꺼운 벽 속에 우린 갇힌 것이다

벽과 벽 사이,
감출 것은 또 소문 없이 어둠 속에 다투어 쌓일 것이고

무거운 여름

어제도 열대야, 그것만으로도 무거운 여름

간밤 설친 잠들이 다

수박장수 박 씨의 눈까풀에 가 앉았나

참 곤㘮하다, 중년의 어깨가 저리 무거운가

단내 나는 푸슬푸슬한 땅에 소나기 한줄기 그리운 한때

길고양이

밤새도록 울어댄다
그 울음,
슬픔일까 분노일까

버려진다는 것은 삶의 바닥이라
바람 불고 어둠 깊을수록 한없이 끓어올라 저렇게
밤새도록 울어대는가

나도 이 밤 잠 못 드는 것이 혹
누군가로부터 버려진 건 아닐까
뒤척, 뒤척이는 사이 고양이 울음소리 가슴을 파고들고
지독한 아픔이다

어쩌면, 우린 날마다 바닥을 향해
낮에서 밤으로 다시 밤에서 낮으로 가고 있는 것은 아닌지

지독한 아픔이다, 아

비닐봉지

헌 비닐봉지 하나,
버려진 한생을 시위하듯 어둡게 날아간다
속을 다 파 먹힌 삶은 저런 것인가
폐기된 시간의 찌꺼기들만 남아 맹목으로 날아가는 것이
계절의 가장자리를 무겁게 한다
철새는 가고 철새는 다시 돌아와
순환의 의미를 일깨우지만 그는 혼자 황량한 채
마른 가슴 한쪽 끌어안을 뿐이다
머잖아 더 깊은 어둠이 올 텐데
마지막 그림자 하나 아직 내려놓지 못했나
헌 비닐봉지 하나,
저무는 계절 사이를 흔들리며 날아간다

덧칠

어느 무덤 속
시간의 벽 속에 갇힌 벽화처럼
겨울 담쟁이 앙상히
벽 붙들고 애처로이 섰다
붙들지 못한 것들은 시간 밖으로 밀려 진작
낙엽 되어 흩어지고
가장 절실한 것들만 저리 남아 겨울 건너나 보다
버릴 것 다 버렸어도
왠지 설움만 솟구치는 저 미완의 벽화,
미완인 채 또 완성인 것을
그 안에 우리 삶 여백으로 고스란히 녹아
파닥이는 것 봐

바람이 덧칠하듯, 벽을 한번 훑고 간다

좋은 때

사마귀 한 마리
보호색도 걸치지 않고 참 난감하게
길 잃고 말았다, 아니
제 마지막 먼 길 바라보고 섰나?

한때는 저도
나름의 푸른 한 시대 건너왔을 것을, 아득히
가물거린다

하늘은 넓게 더 높이 열렸어도 이젠
받아 안을 수 없고
흘러간 날들 단지 돌아다만 볼 뿐

햇살이 유독 따사로워, 어쩌면
이 가을 떠나기 안성맞춤 좋은 때일 듯도 싶다

문득 내 가을을 곰곰 생각해 본다

어쩌랴

위로 향한 것만이 진정 삶이었을까,
를 생각하는 저녁이 오면
위는 단지 열려 있을 뿐 끝이 없어 그냥 빈 채 외려
적막하다
그때사 세월만큼 무겁게 숨 몰아쉬며 돌아보면
굽이진 길들 끝없이 갈래져 가슴 한구석 못내 쓰린 것이,
대체
내가 바란 것은 무엇이었을까
여름 가고 가을 오듯 그렇게 마냥 흐르기만 한 것일까, 아니
면
막연히, 관념적인,
그러기에 있는 듯 아예 없는 것이었을까
이만치 와 지금은 가늠할 수조차 없다

그땐 그랬다
위는 아득히 열려 있어 닿을 수 없다 해도 한번 가보고 싶었
다
이 저녁, 서럽도록 적막해도 이제 어쩌랴
저무는 노을빛에 가슴이나 흠씬 적셔볼밖에

시간의 그늘

시간 위에 있는 것은 무어나
그늘이 있다
나뭇잎 하나에도 자갯돌 하나에도, 또
우리에게도…… 아득히 그리움에까지

흘러가노라면 더러는 이끼가 끼어
그 그늘 좀 덮이기도 할 것이고
흐르는 물에 씻기기도 할 것이지만 끝내
지울 수는 없는 일이다

시간 위에 있는 것은
그늘에 끌려도 가지만 끌고도 가는 것이라
서로는 서로를 영영 버릴 수는 없고, 단지

오래 아파할 뿐이다

어둠에 젖다

바다를 본 지 하도 오래라 그만
바다를 잊고 말았다
이따금 지난 기억 더듬어 올라갈 때도
헝클어진 실 끝 찾듯 안타까움만 더할 뿐

이제,
그 물빛마저 흐릿한 게 너무 멀리 왔구나

무슨 일에 골몰했을까
산다는 것은 어느 순간 방향을 놓치는 것일까
낯선 곳 헤매다 다 늦은 저녁에서야 어둠에
젖는다

우린 모두
어딘가를 향해 가고 있지만 끝내
다다를 수는 없고
조바심치면 칠수록 더 바람 끝에 서고 말아 또
아프도록 시리다

애초 바라본 바다는 허상이었을까

놓치고 놓치고, 사라지고 사라지고, 그렇게

한 시대가 덧없이 흘러간 자리 오늘 외롭게 서 있을 뿐이다

가을바다

여름이 떠난 바닷가에
누군가 버린 말들 어지럽게 흩어져 있다
더러는 밀물에 씻겨 지워지기도 했을

어디로 갔을까 저 말들의 주인은
버리고 나면 그뿐 잊혀지는 것인가, 아니면

도시 뒤편에서
부대끼며 그 말들 스스로 거두고 있는 중인가, 또 아니면

사랑, 미움, 아픔 따위 얽히고설켜, 그렇게 그냥
흘러가는 것인가

아무려나 지금은
적막한 채 가을바다만 남아
흩어진 말들 푸른 물결로 마저 지운다, 그때사

그 위로 하늘이 푸르게 내려앉는다

40년도 잠깐이네

송진환 (시인)

1978년, 『현대시학』을 통해 등단한 지 40년. 결코 짧지 않은 시간이라 돌아보니 참 아득하다. 그 아득한 길을 걸어 여기까지 왔다. 처음 그 길이 이렇게 멀 줄은 몰랐다. 떠나고 보니 때론 힘들고 고달파 주저앉고도 싶었다. 그러나 끝내 돌아갈 수 없는 길이 또 이 길인 듯 때로는 밤을 새워 외롭게 걸어갈 수밖에 없었다. 어쩌면 시와 노는 일이 내게 큰 위안이기도 했을 듯싶다.

그렇게 시간은 쌓여,

다섯 권의 시집(시조집 한 권 포함)을 냈다.(『바람의 行方』-1982년, 『잡풀의 노래』-2000년, 『조롱당하다』-2006년, 『누드시집』-2010년, 『못갖춘마디』-2014년) 이제 다시 여섯 번째 시집 『하류』를 내며 내 문학 40년을 돌아본다.

1. 등단 무렵

70년대의 암울한 시대가 내 시를 어둡게 끌고 간 주범 아니었을까? 물론 개인적으론 60년대 초반 어머니의 병고, 어머니의 간병을 위한 아버지의 사직, 이런 일들로 받은 경제적 고통이 두루 원인이 되었을 듯도 싶지만.

어쨌거나 그 시절 시는 내게 분명 위안이었다. 쓰고 지우고 쓰고 지우고, 그러면서 나름 한 편의 시를 완성했을 때 밀려오던 기쁨. 참으로 나를 지탱하던 버팀목이었다. 그렇다고 내가 무슨 시인이 되겠다는 생각은 별반 없었던 것도 같다. 70년대 초반 시지 『시문학』에서 대학생 시들을 응모받아 뽑힌 작품들을 잡지 말미에 특집 형식으로 싣곤 했는데 거기에 투고하여 활자화되는 것이 기쁨이라, 그냥 썼을 뿐이다.

그렇게 습작한 작품들이 쌓여갈 무렵 김원중 교수를 다시 만나게 되었다.(대학 1학년을 마치고 군 입대를 했고 제대 후에는 연락이 끊겼다) 김원중 교수는 대학 1학년 때 내가 회장이었던 동아리의 지도교수라 진작 친분이 있었던 터라 자연스레 내 시를 보게 되셨고 등단을 권유하셨다.

박양균 선생님을 소개받은 것이 내게는 행운이었다. 행운이란 것은 그분의 시가 내게 늘 감명을 주었던 것도 그렇지만 시단의 여러 선배, 원로 분들을 만나 보았지만 그분만큼

올곧고 옳고 그름이 분명한 분을 보지 못했기 때문이다. 그렇기에 나도 시단에 나와 그분의 품성을 닮으려 애쓰며 살아왔다.

초회 추천을 받고 그 해(1977년) 겨울 우연히 서울에서 선생님을 뵙고 처음 인사를 드린 적이 있다. 아마 한국문협 이사장 선거 때가 아니었나 싶다. 그때 나와 김원중 교수를 댁으로 초대해 사모님이 직접 저녁을 대접해주신 일이 기억 속에 오래, 따뜻이 남아 있다.

2. 바람의 行方

그 후 1년이 지나 1978년 비로소 문단에 첫발을 내디뎠다. 그때 그 설레던 마음은 지금도 잊을 수 없다. 그 무렵 대구의 시인들이라야 기껏 7, 80명 정도였을 테니 내가 특별히 선택되었다는 느낌마저 들었다.

1982년 첫 시집 『바람의 行方』을 냈다.

당시 내가 재직하던 학교(대구정화여고)에선 시인도 처음이었고 시집 발간도 처음이라 모든 선생님들과 학생들이 두루 축하해주었다. 격식을 갖춘 출판기념회는 아니었지만 그때 선생님들이 교무실에서 수박파티를 열어 함께 기뻐해주었던 일은 세월이 흘렀어도 아직 생생히 가슴에 남아 있다. 아마 이런 작지만 따뜻한 격려들이 모여 내 시작과 삶의 원동력이 되지 않았나 싶기도 하다.

분명 그러했을 것이다. 그때까지도 내 삶엔 어둠이 짙어 기쁨보다 슬픔이, 혹은 아픔이 힘겹게 하루를 끌고 가던 때라 사소한 위안도 큰 울림으로 다가오던 때였기에 말이다.

박양균 선생님의 서문 부분을 잠깐 소개한다.

"그가 즐겨 使用하는 말들에는 계절 중에도「겨울」그리고「바람」등을 잘 쓰고 있다.「겨울」이나「바람」은 결코 화려한 물상일 수는 없다. 그러나 그것의 本質性은 강한 意志나 志向이 뚜렷한 것이라 하겠다. 이러한 意志를 素材로 하고 있으면서도 그는 志士的인 견직함이 보이지 않는 것은 그의 겸허에서 온 것이라 믿는다.
「겨울 風景」의 바람으로 흩어 내고나,「겨울 허수아비」의 그 질긴 한나절 아픔은 西天으로 가고라든가,「바람의 行方」의 떠나야지 떠나야지 하는 것 등이 다 겨울이나 바람이 안고 있는 차가운 意志의 바탕에서 人間的인 悲哀를 겸허한 자세로서 그것을 克服하려는 슬픔이 깔려 있다는 것에 나는 그의 詩에 對한 애정을 갖게 되는 것이며 그의 人間的인 면모에 信賴를 갖게 되는 것이다."

싯퍼런 목청 돋우어
보이지 않는 곳에서 몰려 왔단
보이지 않는 마음만 깊이 흔들고

때론 가지 끝으로 앉아 생각하고
떠났다가 다시 돌아 와
결 고운 햇살에 묻어
먼 먼 아지랭이로 칭얼대기도 하고
말할 수 없는 아픔이 자라는 때는
사방으로 살점을 도려 던지고
그러면 우린 서로
너의 절실한 노래 부르며
사시나무 밑동을 잡고 가쁜 숨을
한없이 몰아쉰다.
어느 날
퀴논 거리에 날리던 휴지 조각은
너의 분신으로 남아
떠난 자들의 체취나 핥으며
무너진 이름을 세우기 위해
더 아래로 아래로 숨어들고
언젠가
밤마다 남의 뜻으로
실한 모가지 몇 개씩 절단된다.
그 부러진 모가지 근처로
찢어진 한 폭 그림자는 흔들려
아이들은 무서움에 도무지
눈뜨지 않는다.
떠나야지, 떠나야지, 떠나고 말아야지.
바람이 바람을 밀어낼 때쯤
우리 모두의 가슴으론

잊혀진 전장에서 주검으로 남은
아우의 반짝이던 군번이
되살아난다.

- 「바람의 行方」 전문

3. 잡풀의 노래

1984년 봄, 대학원 진학을 위해 재직하던 학교(대구정화여고)에서 퇴직했다. 당시 이 학교의 분위기는 치열한 입시 경쟁 속에서 교사가 학생들의 수업에 지장을 주어서는 안 된다는 취지로 교사의 대학원 진학을 허락하지 않았다. 진학을 위해 결국 사직서를 냈다.

당장 사는 일이 걱정이었으나 다행스럽게 당시 대구의 대표적 입시학원 중 하나였던 '대영학원'에서 스카우트 제의가 왔다. 그렇게 시작된 학원 강사 일이 실상 내 처음의 생각들을 하나씩 갉아먹고 말았다.

석사과정을 마치면서, 스스로에게 심각한 의문을 갖기 시작했다. 학업과 생업과 시 쓰는 일을 함께 할 만한 능력이 참으로 내게 있기나 한 것인가에 대해 깊이 생각하게 되었다. 결국 학업을 버리고, 시 쓰는 일을 버리고, 끝내 생업만 남기고 말았다. 애초 교직을 그만 둘 때의 생각들이 그렇게 하나씩 무너지고 말았다. 물론 내 약한 의지 때문이었지만.

90년대 중반까지 거의 10년 가까운 시간 시 쓰는 일과 멀어졌다. 거의 폐업 수준이었다. 그러나 마음 한구석 시에 대한 미련이 남아 있었던 모양인지 틈틈이 다시 쓰기 시작했고 또 운도 좋아 1999년 당시 '한국문화예술진흥원' 주관으로 문화관광부의 한국문학창작특별지원금을 받을 수가 있었다.

이듬해 2000년, 18년 만에 87편을 묶어 두 번째 시집 『잡풀의 노래』를 펴내게 되었다.

자서自序의 일부를 소개하면,

"존재의 문제는 처음부터 내 시의 명제이다. 그것은 곧 삶의 문제이기 때문이다. 그러나 그것은 결코 쉽게 접근할 수 있는 문제는 아니었다. 아무리 파고들어도 양파의 껍질을 벗기듯 그 본질을 파헤치기는 간단한 일이 아니었다. 어쩌면 영원한 숙제로 남을 수밖에 없는 것인지도 모르겠다."

그렇다. 나는 늘 존재의 문제에 깊은 관심을 가졌던 것 같다. 그것은 지금이라고 크게 다르지 않을 것이다.

바람은 숲을 떠나지 못했다.
세상 밖으로 세상 밖으로
어둠이 깊어 바람은
숲에서만 울었다.

어느 날엔 갈잎더미에 누워

별빛을 그리워하고

풀잎 서걱이는 날엔 또

풀잎에 앉아

떨리는 가슴 달래고 있었다.

더러 새들 날아와 노래해도

이내 떠나고 말아

숲속은 서럽게 하루가 길다.

누군가 버리고 간 빈 깡통에

녹슨 채 갇혀버린 잿빛 하늘이

애써 빠져나와 맥없이

손 내민다.

바람도 따라 손 내민다.

- 「바람은 숲을 떠나지 못했다」 전문

4. 조롱당하다

현대문명은 자꾸 우리를 뒤로 하고 저만치 앞서 간다. 그렇다고 우리 모두 그 속도를 따라갈 요량으로 발버둥 칠 필요는 없을 것이다. 오히려 시인은 그 빠른 속도를 붙잡아 둘 역할을 해야 하는 사람들은 아닐까.

이즈음 나는 작고 하찮은 것들에 관심을 갖기 시작했다. 또 사람들이 눈여겨보지 않는 것들이나 기억 속에서 자꾸 사라지는 것들, 혹은 밀려난 것들에 관심을 갖기 시작했다. 그러는 동안 거대한 이 도시의 그늘에 대한 비판의식이 시나브로 싹트고 있었던 모양이다.

> 휴대폰의 설명서를 읽는다
> 100쪽 넘는 깨알 같은 글씨
> 설명은 설명 이상으로 난해하고
> 나는 자꾸 밖으로 밀려난다
> 이것도 눌러보고 저것도 눌러보고
> 기계 앞에 조롱당한다
>
> 무엇 때문에 이 봄날
> 부질없는 짓에 얽매이는가
> 이러다간 나도 끝내
> 누구에게도 해독되지 못할 암호로 남아
> 설명서로는 도저히 설명되지 않는
> 낯선 기계가 되어
> 그들도 나도, 더 깊이 절망한다

-「조롱당하다」전문

 사라지는 것들이 나, 혹은 우리들의 모습처럼 느껴지곤
했다. 그건 지금도 마찬가지다. 어느 날 문득 길 위에 떨어
진 못 하나를 보았다. 공사장 아니면 폐건물 어디에선가 떨
어져 나왔을 법한 못이 벌겋게 삭고 있는 것을 보았다. 한
참을 보고 있노라니 문득 그 못이 내가 아닐까 싶은 착각에
빠지기도 했다. 한순간 감정이입이 되는 것이 내 삶이 꼭
그런 듯도 싶었다.

길을 가다 문득

녹슨 못 하나 보았다

얼마나 거기 오래 있었을까

벌겋게 시간 속을 삭고 있다, 허리는 꺾인 채

아무도 돌아보지 않은 게다

손바닥에 올려본 못은 세월의 부스러기들

비늘처럼 털어내며

허리는 이내 부러질 듯하다

순간 나도 온몸의 살들 떨어져나가고

녹슨 못처럼 뼈만 앙상히 남는다

언젠가 저 못처럼 뼈마저 삭아

모두 사라지고 말 것을

허우적거리며 오늘도 바삐

가고 있다

- 「녹슨 못을 보았다, 나는」 전문

5. 누드시집

시로 등단한 지 20여 년이 지난 2001년 〈매일신문 신춘문예〉에 시조가 당선되었다. 단순한 객기는 아니었고, 자유시로 등단하기 전부터 시조에 관심이 많았고 나름 꾸준한 습작도 했었다. 어쩌면 시조로 먼저 등단했을지도 모를 일이었다.

아마 그게 1977년 '민족시백일장' 아니었나 싶은데, 공모를 통해 60명을 뽑아 경복궁 근정전 앞에서 조선시대 과거를 보듯 치르던 백일장이었다. 입상은 못했지만 그런 경험도 있었고 어느 땐가는 중앙지 신춘문예에 최종심까지 간 적도 있었다. 그러니 오래도록 마음 한구석 시조를 놓지 못하고 있었던 것이다.

『누드시집』은 정확히는 시조집이다. 2008년 한국문화예술위원회 창작기금 지원을 받아 낸 시조집이다.

이 시조집은 내가 평소 시조에 대해 갖고 있던 생각 하나를 담아낸 것이다. 무슨 말인고 하면 많은 시조시인들이 그간 시조 발전을 위해 끊임없이 실험을 해왔다. 그런데 그 실험들이 대개 내용보다 형식에 더 치우친 것은 아닌가 싶은 생각이었다. 그건 아마 시조가 갖는 형식적 제약 때문일지도 모르지만.

물론 형식적 실험도 중요하다. 그러나 나는 새로운 내용 가령, 새로운 주제나 새로운 소재를 찾아내는 일 또는 과거의 것이라 해도 새로운 해석을 통해 전통을 이어가는 등의 작업이 시조를 한 단계 더 높은 곳으로 견인하는데 중요하다고 믿었다.

『누드시집』은 '누드'를 소재로 한 75편의 연작 시조집이다.

'누드'란 소재가 특별히 새로운 것이 아닐뿐더러 시조시인들에게는 어딘지 마뜩찮은 소재였을지 모른다. 그러나 내겐 그 누드란 것이 오히려 가장 순수하고 원초적 인간의 모습을 담아내는데 적합할 듯도 싶어 누드를 창으로 삼아 75편을 완성했다.

문무학 시인은 "누드는 선線의 마력이다. 따지고 보면 인간의 삶도 이른바 선으로 이루어지는 것이 아닐까 생각할 수 있는데 인간과 자연에 줄긋기를 하고, 삶의 명암에 줄을 그어 우리 삶의 총체적 모습을 살피고 있다. 누드화는 누드만이 아니라 삶을 읽는 코드가 되었다. 그래서 많은 놀람을 준다. 그 놀람의 첫째가 고정관념의 탈피다. 시조와 누드는 먼 것이라는 관념을 깨부수어 선으로 이어 놓았다. (중략) 그래서 이 시집은 실험성이 강한 작품이다. 시인의 새로움을 향한 의지를 읽게 한다."고 했다.

일순, 숨 멈춘다
또 다른 우주 앞에

드러내도

다 볼 수 없어
그 깊이를 잴 수 없어

어둠의
어둠 속으로
나를 그만 놓친다

- 「누드 58」 전문

6. 못갖춘마디

『조롱당하다』(2006년 만인사)를 내고 그럭저럭 8년의 시간이 흘러 그동안 쌓인 자유시들이 또 적지 않아 그것들을 묶어 낸 것이 『못갖춘마디』다. 모두 61편을 담았다.

나는 늘 밝은 곳보다 어두운 곳이, 기쁨보다 슬픔이 더 아름다워 보인다. 어둡고 슬픈 곳에 사람들의 가장 진솔한 모습이 담겨있다 싶어 그곳에 오래 머물곤 했다. 그렇기에 내 시들 태반이 아픔으로 채워졌는지 모르겠다. 물론 아픔이 아픔만으로 끝나진 않았고 아픔을 딛고 일어서는 새 살 돋는 기쁨이 그 안에 녹아 있다. 이것이 내가 독자에게 주는 유일한 위안이라 믿기에 매번 그 생각을 잊지 않으려 애쓰고 있다.

또, 내 시의 중요한 화두 중 하나는 지금껏 그래왔던 것처럼 존재의 문제다. 아무리 파고들어도 끝내 밝힐 수는 없을 것이다. 그 안타까움을 노래한 것이 「양파처럼」이다. 전문을 소개한다.

살면서,
어디까지가 껍질이고 알맹인지 알 수 없어, 때로는
껍질이 알맹이 되고
알맹이도 껍질 되어

껍질과 알맹이의 경계는 늘 모호하다
그건 믿음에 따른 가변적 속성 때문이다
그런데, 그 믿음마저 가변적이라
껍질과 알맹이의 경계 자주 놓친다

양파를 까다 문득 그 경계 부질없이 궁금하다
- 「양파처럼」 전문

『못갖춘마디』가 세종도서 문학나눔에 선정된 것은 작은 기쁨이기도 했다.

7. 하류

모두에서 언급했지만 올해가 만으로 등단 40년이 되는 해이다. 짧지 않은 시간이라 그 동안의 긴 이야기를 다 담을 수는 없고 건성건성 생각나는 대로 여백을 채운다는 마음으로 몇 마디 적었다. 아직 남은 날들이 있으니 또 시를 쓸 것이고 훗날 더 많은 이야기를 조리 있게 정리할 날이 따로 있을 것이다.